KB008332

현대시세계 시인선 135

메마른 꿈에 더는 뜨지 않는 별

이태연
시집

메마른 꿈에 더는 뜨지 않는 별

이태연
시집

도서
출판 북인

서시序詩

내
몸에서
시 한 편 뽑아내고 나면
몇 날 며칠 동안
몸살 앓는다.

그리고는
아무렇지도 않은 듯
한 편의 시가 완성되어 있다.

시가
쌓이면 쌓일수록
몸은 늙고 병들어가지만
마음은
어느새 수정水晶으로 빛난다.

2021년 11월

차례

4부

1부

상고대

눈보다
일찍 왔다지만
서리는
홀로 꽃이 될 수 없다.
칼바람, 나무, 풀처럼
배경이 필요하다.
눈 덮여 지워지기 전
거친 황량함 속
마지막 반짝임,
앉은 자리마다
서리는
더불어 꽃이 된다.

노을

한 많던 어머니
목련 닮은 얼굴빛 때문인가.
큰비 온 뒤 굳은 땅이
더 붉게 태우는
저녁노을,

사노라면 외통수 걸리는 경우 생겨나도
한바탕 진하게 울고
내일을 준비하라는 다그침.
해는 늘 그 자리 그대로라는데
노을 지면 겹쳐지는 어떤 사람,
미친 듯이 살다 가버린
마흔도 못 채우고 서둘러 가버린
세상을 온통 붉게 물들이고 가버린
그 사람 서럽게 서럽게도 번진다.

해가 바짝 드러누우면
모래알조차
긴 그림자를 드리운다.

등대 횟집

날이 흐린지,
제방 넘는 파도야 잊고
그대 마지막을 지킵니다.
숨 막히는 찜통 속으로
대나무 같은 곧음
서슴지 않고 넣었으니
붉은 눈빛으로 주위 맴돈다.

먼 훗날, 환생하거든
영덕 강구항으로 오시길

나는 동해 어디쯤
그대 던질 그물 기다리며
나름 곧은 뼈 불려
살 오르고 있을 터이니
대게, 걱정하는 앞날 말고
옆으로 걷는 미래
바뀐 입장을 알고 싶을 뿐.

서울살이 1

발로
차오를 수 없는
물 위에서
가뿐히 날아오른 물닭

대한극장 앞을 지나다가
영화 몇 편이나 봤을까
속으로 세어봐도
문득 떠오른 제목,
'추락하는 것은 날개가 있다'만 분명한데

책과 영화를 본 기억
이미 날아간 물닭이
물에 남긴 흔적처럼 지워졌다.

아무것도 없는 서울에서
나도 그렇다.
추락하는 날개가 아니라
상당한 거리 활주로가 필요했다.

가마우지

중국 윈난雲南
얼하이洱海호 부근
가마우지, 소보다 귀한 대접 받는다.

가마우지는 물고기 잡으면
입 안에 담고 있다가
돌아가 새끼에게 준다.
본성이기도 하고
부모 사랑이기도 한데
이득 보는 쪽은
소나 가마우지보다 인간이 먼저

작은 물고기야
가마우지 차지겠지만
큰 물고기는 언제나
주인 어부님 몫이란다.

진주비빔밥

진주 육회비빔밥은 예나
지금이나 비장함으로 비빈다.

누구와 언제 따위 잊어버리고

저 선한 눈망울의 소를 잡았으니
이젠 내일이란 없다.

허기와 식욕에 눈멀지 말고

다만 우리는 오늘을
무조건 살아내야 한다.

누구를 좋아한다는 것

아주 오래 전
부산 택시에서
끊임없이 흘렀던 등려군 노래
초로의 기사는 꼭 시간을 내
등려군 묘지에 가서
헌화하고 싶다고 했다.
홍콩인지, 대만인지 묻지 않았다.

오늘 새벽 강북으로
이동하는 택시 안
이선희 노래가 계속 이어졌다.
기사가 젊어 보여 내리기 전
'이선희 세대신가요'
오십 좀 넘었다고 옅은 미소에
젊게 봐줘 고맙다, 인사를 얹는다.

즐거운 하루의 예감,
애쓰지 않아도 알아챌 수 있는
누군가 누구를 좋아한다는 것.

병

담는다는 건
남겨둔다는 것일까.

항아리 같은 부피에 끌려
요새는
마시지도 않는
술을 사서 보관한다.
작고 이쁘고
특이한 형태만 다 고른다.
미니어처 말고 진짜 병을 모은다.

언젠가
꼭 필요로 하는 사람에게 나누거나
아니면
나 아닌 다른 이가 어쩌면
흔쾌히 또는 주저하며 내다버릴지도 모를
뭐든지
담을 수 있는 병을 좋아한다.

병을

병적으로 모으는 것도
불치병일 것이다.

무바라 마싯따

식칼로 싹뚝싹뚝 생무
큼지막하게 잘라
아작아작 맛있게도 드신다

잘린 무처럼 젊고
싱싱했던 어머니
어린 내게 한 조각 내밀며

"태연아, 무바라 마싯따"

닭대가리

kitchen kitchen kitchen kitchen
chicken chicken chicken ……,
처얼썩.

팔포 앞바다,
파도 부서지는 소리 아니네
영어 단어 외우다 앞자리에게
느닷없이 뺨 얻어맞는 소리
살다보면 별일 다 있다지만
때린 사람 기억 못해도
맞은 나는 아직도 잊지 못하네.

키친이 치킨, 치킨이 키친이라도
사는 데 하나 지장 없는 나이
다시 만난 친구에게
열 몇 살 때 이후 오랜 비밀
최신형 휴대폰 열어
자랑하듯 보여주네.

닭대가리 = 박용석

숭어의 꿈

큰눈에 비늘 걷히면 숭어는
물 밖으로 연신 뛰어오른다.
조금 더 하늘과 가까워지려
항상 물 표면에 붙어다닌다.

맑은 날은 맑은 대로
비 오는 날 비 오는 대로
눈 오는 날 눈 오는 대로
바람 부는 날은 또, 바람 부는 대로
표현할 수 없는 벅찬 감격에
하늘을 보고 다시 우러른다.

어느 날 문득 숭어는
몸속에 흐르는 새의 피를 느낀다.
아름다운 목소리 버리고 사람이 된
인어공주의 전설을 믿었던 숭어,
눈이 시릴 정도로 깊은 가을날
마침내 숭어는 물수리를 타고
하늘 높이 숨 펄떡이며 날아갔다.

물 대신 비행을 택한

숭어의 꿈,

결말은 아무도 모른다.

서울살이 2

처음 광화문 앞을 지나며
아버지가 물었다.
중앙청이 어떻게 보이냐고
무얼 봐야 할지 몰랐던 철부지
'별론데예'
아무렇지도 않게 대답했지만
시간은 제 말의 이유를 캐묻는다는 듯
열 살 더 먹고 상경한
나는 명동에서 길을 잃고 말았다.
보잘것없어 보이는 청춘의 길이었지만
희멀건 서울사람 흉내는 내지 않았다.
이제 광화문 뒷길로 돌아
중구청에 가면 야권이 서러워하는
여권사진만 즐비하고,
할배들은 종로 3가 탑골공원,
뚱뚱한 비둘기들은 종각 제일은행,
각기 다른 둥지를 튼다는 것
보지 않아도 알고 있다.
순화동에서 반주 없는
작게 회포 푸는 점심을 하고

서소문 지나 신문로를 걸으며
아무리 물 흐르듯 흐르는 것 같아도
거칠고 투박한 촌사람이라 믿는다.

붉다

중국 신장 티즈노트,
마을 여자들은
태어나서 죽을 때까지
붉은 옷만 입는다는데

추운 겨울
양지녘 쪼르르 모여 앉은
여자아이들
볼도 온통 빨갛습니다.

바다의 기원

바다는
고래의 눈물

아주 오래 전에는 바다가 사막이었더란다 모래가 바다를
이루는 그런 사막, 다리도 날개도 없었던 고래는 눈물뿐이
었다. 생각해보라, 그 육중한 몸을 조금도 움직일 수 없었
으니 얼마나 괴롭고 서러웠을까.

세월이 흐르고 흘러서 창세기 첫머리처럼 고래가 고래를
낳고 또 눈물이 눈물을 흘리니 오아시스가 생기고 모여서
거짓말처럼 바다가 되었더란다. 지금도 바다는 고래의 오
래된 눈물을 생생하게 추억하고 기억하고 있다.

초속 5㎝*

어머니
제삿날
봄비 나립니다

목련은 이미 갔고
벚꽃이
자기
좀 봐달라고 난립니다

얼마 후면
처음이자
마지막으로 떨리는
초속 5㎝의
화려한 속도 여행

두 눈 뜨고도
나는
차마 보지 못할 겁니다.

*초속 5㎝ : 벚꽃 잎이 지상으로 떨어지는 속도.

우공이산愚公移山

오백 년

묵은

오동나무가

손이

매운 사람을

만나면

다시

오백 년을

더 산다

시는,
— 세계의 육체적 흡수

시는
머리로 쓰는 게 아니라
몸으로
몸으로 쓰는 거라고

헌 구두 한 켤레로 광산에서 도망쳤던
칠레 시인 네루다가 말했다는데
도봉산 아래서 양계장 하던 김수영 시인도
줄담배로 맞장구치듯

시작은
머리로 하는 게 아니고
심장으로 하는 것도 아니고
몸으로
온몸으로 동시에 밀고 나가는 것이라

어떤 산문에서 크게 꾸짖었다는데
정작 나는 어떤 변방에서
없는 집, 쌀 떨어지듯
창고 바닥에 붙어 있던 시

한 톨, 남김없이 쓸어담는다

다시 처음으로 돌아가
내 미약했던 시작을 또 하는 것뿐.

2부

백일홍

100일 동안
행복할 수 있다면
일 년 내내 행복한 거다.

부는 바람이 늘 황사일 수 없고
간혹 흙비가 온종일 내려도
빛깔 붉음이 지워지지 않을 테니까.
느린 안개처럼 사람 밀려들거나
주인 잃은 개 꼬리 흔들지 않아도
제 마음 한 조각, 여전히 타오를 테니까.

우린 얼마나 행복해야 하나.

이 답답한 마스크 벗든 못 벗든
최신형 미사일이 동해 허공을 가르든
소공동 사거리 적색 신호, 기도한다.

백일홍 피어 있는 동안만이라도
우리 사는 세상 아무 일 없기를.

장인어른

평안북도 영변이 고향인 장인어른
늘 진달래꽃 만발했던 봄 속 고향만 기억한다

추억은 항상 아름다운 봄으로부터 오는가.

바닷길 월남越南한 어느 시인의 시만큼 비극적이진 않
지만
어린 나이 가족과 함께 삼팔선 넘던 얘기는 스릴러 영화
의 한 장면
부산 아니라서 또 무슨 시장이란 영화와 닮지 않았지만
맨손으로 낯선 서울 땅에서 자리 잡으시고
삼남매 남부럽지 않게 잘 키운 결말은 같다.
그 귀한 자녀 중 둘째 딸을 아무 조건 없이 내게 주셔서
난 지금도 처갓집 기둥만 봐도 큰절한다.
늦게 배운 약주로 가끔 장모님 핀잔을 듣지만
술 못하는 나를 친구 삼아 삶의 지혜 가르쳐주실 땐
아무리 제자의 마음이라 고쳐 생각해도
삼천포 아버지에겐 죄송스럽다.

추억은 항상 상실 뒤 애틋해지는 법인가?

귀하고 맛있는 음식을 먹을 때면

장인어른 모시고 한번 더 와야지 하는 생각이 저절로

강인한 성격이어도 가끔 TV 속 얘기에도 눈물 흘리는 모
습에

세월의 아이러니가 보이기도 한다

연세 높지만 흰 머리 염색하시는 것 말고

나보다 더 건강하신 것 같아 참으로 다행이다.

가사 바보

집에만 오면
나는 바보가 된다.
아내 그 큰눈의
반의 반도 채울 수가 없기에

세탁기 돌릴 줄도 모르고
밥을 하기는커녕
밥상도 못 차리고
걸레질마저 시원찮은 남편.

가끔 백화점 쇼핑 갈라치면
이 핑계 저 핑계로 내 볼일 보거나
한적한 곳 찾아 멍하니 시간 보낼 뿐
끝내 따라다니지 않는다.

어떤 사람은 나를 두고
간이 배 밖으로 나왔다고 하지만
강산이 한번 반이나 바뀌면서
작은 변화는 있었다.

일주일에 한번 정도는
덮고 자던 이불도 털고
청소기도 돌릴 줄 알게 된 것.

포기를 모르는
아내의 오랜
교육이 빛을 발하는 순간이다.

플라타너스

보아야 보이는 거고
봐도 생각하기 나름이
세상 이치라지만

어제 부처님 오신 날
코로나19 뚫고
조계사에 다녀오신 장모님

오늘 이태원 근처
오래된 플라타너스 잎 내는 것
지나는 내내 힐끗하더니

사람은 한번 가면 끝인데
자연은 끝도 없이 계속된다
깊은 속마음 깨달음

부처님 들으실까봐
차 뒷좌석에서
혼잣말처럼 중얼거리시네.

갈대

비록 강을 등지고 산 대도
거센 바람에 넘어져도
꺾이지는 않는다.
긴 장마에 등이 다 휜 갈대
초가을 파란 하늘 아래
다시 일어나 선선한 강바람에
하나처럼 나부낀다.
사람도 그렇지
중심만 제대로 잡고 있으면
저렇게 흔들리면서도
험한 세상 버티고
버텨 잘 살아낼 것이다.

11월에는

슬픔이 말 걸어오면
이따금
못 들은 척 넘기려네.
겨울 미루나무나 흘낏 보려네.

햇살 좋은 날은 그 나무 밑에서
어찌 지나간 사랑 안부도 떠올리고
어긋난 인연의 매듭들
해지지 않게 풀 내 방식도 생각하고
노랗고 빨갛던 유년의 추억 길들
눈으로 밟아 찾아가자.
일하는 기계로 살지 말자.

11월에는
부서져 여기저기 나뒹굴기 전
슬픔이 말 걸어오면
귀머거리 마냥,
세상에서 가장 찬란하고
아름다운 이별을 준비해보자.

무정한 어머니

메마른 꿈에 더는 뜨지 않는 별

49재 1

청련사 극락원의 헤어짐
그날 이후,
어머니는 아버지가
남겨놓은 음식만 드십니다.

아침, 점심, 저녁상 인도하는 향 맡고 오신 아버지 식사하
고 나면, 그 상 잠시 물렸다가 허여멀건 식은 국에 밥 반쯤이
나 그냥 풀 같은 나물 몇 가닥 집어넣고 후루룩 드십니다.

얼른
49재가
지나가야겠습니다.

슬픔이야 이슥토록 깊어지겠지만
저러다가
어머니
영양실조로 쓰러지겠습니다.

49재 2

5월 01일 05시 05분
― 별세

6월 18일 09시 00분
― 49재

49재 날, 새벽부터 부엌이 바쁩니다. 전날 온종일 준비하고도 아직 마음은 뭔가 부족한 모양입니다. 잔뜩 찌푸렸고 비도 부슬부슬 내립니다. 어떻게 온 세상인데 목숨 걸고 넘어온 이남 땅인데 아버지 그냥 가시면 싱겁겠지요. 이제 보내드려야 할 시간이 되었습니다. 그날 이후로 아침저녁 거르지 않고 새로 한 밥에 국과 나물로 병원에서 곯았던 배다 채우고 가십니다. 어머니 지극정성은 아버지 드시고 남은 음식까지 다 정리하셨습니다. 무려 48일.

안개비 내리는 아침,
천년고찰 청련사
사위四圍는 담담하기만 합니다.

사물의 이유

토끼는
집 주변 풀은 뜯지 않는다.

사자는
굶주려도 쥐를 쫓지 않는다.

봄꽃은
매화, 진달래, 철쭉, 개나리, 벚꽃 차례로
밀려나도 우는 상으로 피지 않는다.

우산이 펼쳐지는 건
이 세상 어딘가
비가 내리기 때문이라지만

울음으로는 건너가지 못하는 세상
나는 속 깊은 물이고 싶다.

깊은 물은
수만 번 어리석은 돌팔매도 거뜬히 받아낸다.

쫑의 추억

개를 무척 좋아해, 가끔 딸을 꾀어 아내에게 개 한 마리 기르자 통사정해도 아내는 기겁한다. 어릴 때 어머니 조르고 졸라 삼천포 장날 강아지 한 마리를 집으로 데려왔다. 요즘이야 개사료며 개껌, 과자 등으로 상류생활을 하는 팔자 좋은 개들도 많지만, 그때는 식구가 먹다가 남긴 음식 찌꺼기가 쫑의 유일한 낙이었다. 다 그러겠지만 어린 나는 개를 좋아할 줄만 알았지 키우는 사람은 정작 할머니였다. 할머니는 워낙 깔끔하신 분이어서 집안에 날리는 개털이며 냄새며 배설물로 영 맘이 불편한 기색이었다. 그 속도 모르고 가끔 할머니 몰래 마당에서 놀던 쫑을 방에서 재우다 이불을 엉망으로 만들어놓곤 했다. 그때마다 쫑을 향한 할머니의 적개심은 더해갔다. 쫑이 어린 티를 약간 벗었을 즈음 학교에서 돌아온 나는 텅 빈 개집을 보고 나라 망한 듯 울었다. 하지만 그뿐, 얼마 후 우시장 구석에서 나를 보고 울부짖는 쫑을 봤지만, 겁 많고 마음 약한 나는 차마 가까이 다가갈 수 없었다. 어깨를 들썩이며 집으로 돌아온 나는 몇 날 며칠을 눈물방울을 달고 살았다. 지금도 뭐든지 잘 잊어버리지만, 인생 최초의 뼈 아픈 이별은 아직도 아픔으로 생생하게 되살아난다.

치매 1

뇌가 고장나버린
남편의 장기를
밤마다 하나씩 떼어
한강에 내다버린다.
그러나
그 뜨거웠던 마음이란
장기 하나
끝내 찾지 못하여
그냥 곁에 두고 본다.

주나가드

마하트마 간디의 고향,
지구라트 지역 주나가드 사람들은
죽음의 순간이 가장 행복하다고 믿는다.
답답한 육체 속에 갇혀 있던 영혼이
비로소 자유롭게 되기 때문에

독립 이후 종교, 토지, 신분 갈등으로
테러와 복수와 그에 대한 보복,
사람이 딛는 땅에는 유혈이 차고 넘치는데

간디의 이웃, 주나가드 사람들은
사랑하는 사람의 죽음 앞에서도
절대로 울지 않는다
화장터로 시신을 운구하는 가족들
까맣고 무표정한 얼굴로
애꿎은 담배만 줄창 피워댄다.

오이소박이

올해 첫
오이소박이를 담근다.

신선한 속 재료에
갖가지 양념을 버무린다.

한 이틀 지나면
아작아작 맛이 든다.

오이는 속을 품고
속은 스스럼없이 녹아든다.

또 며칠 지나면
소박이는 언제 싱싱했냐는 듯 무른다

안과 밖이 한꺼번에 쉰내 풍기면
쉽게 상하는 사람 마음처럼
더 빨리 변하고
처음으로
되돌릴 수도 없다.

오늘
― 치매 3

7년째 병환 중
몸만 겨우 살아 있는 아버지
보름 전 119 불러서
집 나가셨다.

당신 딸과 아내 수고로움
두고만 볼 수 없어서
월남하듯
결단내리신 모양이다.

오늘, 코로나 탓
면회도 원활치 않은
남부효요양병원,
큰 문 닫아걸고 들어가셨다.

만남과 이별
— 치매 4

그가 119 구급차 타고
병원으로 가던 날
그녀는 파마를 한다.

그를 처음 받아들이던
그날처럼
마음준비 단단히 한다.

토요일 오후

철새 한 마리
물속으로 들어간 지
제법 오래

물고기들에게
코로나며. 유가 변동이며, 김정은이며
급박히 돌아가는 세상 얘기 전하는지
그 자리만 물거품이 뽀글뽀글

강변 풀 머리나 매만지던 바람
솟구치는 거품에 홀려
회오리치듯 달려들면
머리채 잡힌 애꿎은 풀들만 갈팡질팡

세상에는 세상일,
사람 말고 다른 세상도 다 바쁜
토요일 늦은 오후,
철새 한 마리 물속으로 들어간 지
오래, 아직 별 기미 없는
지친 물고기들의 대탈출.

3부

귤 한 봉지

사무실 빌딩 지하 2층
주차장과 붙은 쓰레기 분리수거장
근처에서 뵐 때마다 자동으로 고개 숙여
인사드리는 청소 아주머니 계시다.

입시 한파 몰아친 영하의 아침,
유난히 분주해 보이는데
그래도 인사하려 한참
눈맞춤 실랑이 끝에
뭘 손에 들고
바삐 내게로 온다.

1차로 검은 비닐봉지에 꽁꽁, 2차로 쇼핑백에 담은
제주산 귤 잔뜩 안기고 도망치듯 가시네.
엄중한 코로나 사회적 거리두기 2단계 첫날에도
또 나는 살아갈 이유를 만난다.

테스 형!
세상이 와 이리 따시노.

눌변가의 진면목
— 이균성 선생님

박카스 한 병 사 들고 몸무게 70kg의 건장한 해병대 시절을 살고 계신 분을 뵈러 갑니다. 대한민국 보험해상법의 대가라지만 내 생각으론 비유의 대가이지 싶습니다. 신랑 신부를 돋보이게 하는데 적격인 주례, 공부하지 않는 제자들을 꼬집는 말씀들, 어수룩함을 가장한 결코, 만만치 않으신 모습. 눌변이라 낮추지만 화려한 언어의 마술사가 바로 이분입니다. 항상 타인의 말을 경청하고 기록하는 진지한 모습 참으로 존경스럽습니다. 작은 일을 지나치면 큰일도 모르고 넘어가버린다는 메시지를 담은 행동과 모습에서 진정한 스승의 모습을 봅니다. 음식을 많이 못 드셔서 장수할 거란 말씀 꼭 믿고 싶습니다. 선생님이 즐기는 돼지고기와 배춧국 곁들인 쌀밥을 대접할 수 있는 영광이 한번쯤은 내게도 오기를 기대합니다.

주꾸미 샤부샤부

세숫대야에 주꾸미 아홉 마리 담아와 시범 한번 보이고 식당 아줌마 바쁘게 가버린다.

한 놈이 대가리를 물 위로 내놓고 사방 살피는데 마치 하마의 머리를 닮았다.

장인어른 집게로 그놈의 목을 잡고 비트는데 힘이 장사, 이놈도 여길 나가면 마지막이란 걸 직감했는지 죽을힘 다해 버틴다.

내가 가위로 거들어서 겨우 끓는 냄비에 집어넣고, 자잘한 젓가락 부대의 지원까지 받고서야 비로소 상황 끝났다.

가위로 머리를 자르니 하얀 쌀밥이 고봉, 꼬들꼬들 별미다. 그러나 대야에는 최후를 기다리는 주꾸미들의 긴장한 숨소리 가득하다.

들고 온 게 대야이기 망정이지 대양大洋이면 큰일날 뻔했다. 맛나고 화기애애한 이 저녁이 마지막이 됐을지 모르니.

제초작업

금계국 빼고 다 잡초였다.

개망초도
지칭개도
메꽃도
미나리도

서울특별시 한강사업본부
제초작업 매뉴얼에는
모두가 잡초로
분류되는 모양이다.

훤해진 한강 뚝방길
아무도
따지지 않는 꽃의 학살.

어머니 7

너희 삼형제 의좋게 잘 살아라
육신은 화장해서 삼천포 앞바다에 뿌려라
나 죽어 삼 년 지나면 아버지 재혼시켜 드려라
큰아들네와 한 달 정도는 같이 살고 싶었는데
말을 잇지 못하고 두 눈 가득 눈물 고입니다.
암병동으로 병실을 옮기고 너무도 약해지신
어머니, 홀로 이별 준비를 다 하셨겠지만
당신 아들은 전혀 그렇지 못하답니다.
지금은 아니에요, 아닙니다. 적어도 십 년
말미를 주세요, 마지막 뜻 따르지 않으리라
굳게 다짐하고 또 했건만.

어머니 8

낼모레면 오십인데
아직도
어머니 문득문득 보이네.
부득이 삼시세끼
집에서 해결하는
주말이나 공휴일
여지없이 아내의 눈치보여
한번 정도
슬그머니 설거지를 거드는데
싱크대 옆에 선 어머니
'너도 그런 거 할 줄 아는구나.'
금니 살짝 드러내고 웃으시네.

나무스틱

나무란 나무는 다
죽은 나무 향조차 좋아해
수집하면 뭐든 버리지 못하는 나

중국 어디서 살다 특별히 나를 만나기 위해 서울 변두리 대형 마트 스포츠 매장에서 오래 기다렸던 모양, 비록 산 나무 죽은 나무 가림 없이 다 좋아하는 나를 만났지만, 스틱의 용도 잊고 그저 책장 옆 장식처럼 비스듬히 서서 수년의 세월을 보냈지, 이사 가기 전까지. 뭐든 버리기 좋아하는 아내의 첫 폐기대상이 바로 그놈. 멀쩡한 놈을 버리자니 참 맘이 안 좋아 매일 아침 운동하는 집에다 양해를 구하고 자리 마련해주었지.

오늘 아침 어떤 분의 어깨 위에 올라가 있는 녀석과 눈이 살짝 마주쳤을 때 짠한 마음은 잠깐, 지상의 모든 것은 적재적소에서 더욱 빛나고 아름다울 수 있다, 오래된 진리 문득 깨치는 득도의 아침, 어쩌면 양도한 나무스틱의 뜻깊은 선물.

할머니 젖꼭지

새벽 4시, 화장실 갔다와서는
잠이 오지 않는다.
아직 30분은 더 잘 수 있는데

그 옛날, 막내인 아버지
벌리에 새 집 짓고 큰집 계시던
할머니를 모셔왔다.
엄마 없이, 아버지도 없이
몇 달을 우리 삼형제,
할머니 그리고 마당엔 쫑이
넷과 하나가 모여 살았다.

밤이면, 어리광 동생들
할머니 양옆으로 착 달라붙어
늘어진 젖꼭지 만지다 잠들었지만
나는 다 컸다고
좀체 차례가 오지 않았다.

이 새벽녘,
슬쩍 마누라 젖가슴 열다가

한 대 맞을까 지레짐작에
조용히 돌아눕는다.

어머니 2

어머니 1주기 추도식이 있던 날
아침 일찍 온 가족은 산으로 갔다.
길마다 매화꽃이 활짝 피었어도
아직 봄은 멀기만 했다.
아버지 마지막 지극한 정성으로
어머니는 남부럽지 않을 새 집에 계신다.
여러 종류의 꽃과 나무를 가꾸고
가끔 날아드는 산새와 말동무도 하는지
20여 년 전 먼저 오신 시어머니 뒤에서
심심치는 않으실 것 같았다.

하지만, 그해 봄은 무척 추웠다.
아버지, 어머니를 추억으로 간직한 채
현실에서는 자꾸만 지우려고 애썼다.

파리 인 칭다오

다듬지 않은 플라타너스
오히려 이방인 마음 푸근하게 하는
칭다오 어느 호텔 1층 식당에서
일행과 같이
아침을 먹고 있었다.

비자도 없이 따라온 듯
힐끔힐끔 파리 한 마리 유독
나를 보며
연신 앞발을 비벼댄다
밥알 하나만 제발, 제 발 비비며
식사 끝날 때까지
한자리를 지키고 있었다.

젖과 꿀의 약속 쫓아왔다가
끝내 항구 근처만 유령처럼 떠도는
웨이하이의 그 얼굴,
설핏 스쳐갔다.

제프 JEFF

그해 초여름 상해 출장 준비는 완벽했다.

습관처럼 거래선去來線이 겹치지 않도록 시간을 조정했다.

약간의 선물을 준비하고 부족한 건 공항면세점에서 보강했다.

첫날과 이튿날 관련 업체들을 만나 일을 보고

셋째 날엔 거래 관계는 끊겼어도

맘이 맞아 오랜 친구처럼 지내는

제프와 간단하게 점심을 먹기로 했다.

당일 확인차 전화했지만 계속 꺼져 있다는 기계음만 되풀이됐다.

사무실에선 대뜸 내 소속과 이름을 물었다.

머쓱해서 함께 점심 먹기로 한 친구라 말끝을 흐리니

유창하지만 착 가라앉은 목소리의 한마디가 건너왔다.

친구 이름 뒤에 'PASSED AWAY'라고

제프는 짧은 머리에 덩치 크고 수줍은 듯한 미소가 매력이었는데

이제 그의 명함에 특이사항이 하나 더 늘었다.

'2008. 06. 08 사망'

사무실 너의 책상 위에 하얀 국화꽃,

　향 연기 너머로 여전히 쑥스럽게 웃고 있는 너의 영정,

　급히 상을 차린 부모님 댁에선 잭키 청의 노래가 쉼 없이
흘렀다.

　어머니가 손수 내주신 냉수 한 잔 앞에 두고

　너는 어머니에게 7할, 아버지에게서 3할의 모습으로

　여전히 살아 있음을 보았다.

　슬픈 미소 대신 가벼운 눈짓으로 인사를 건넸다.

　— 이봐 친구, 담에 또 보세.

　오늘 못한 점심 그때 하세나!

제 발 돌려주세요

― 매표소 정종복 씨

　고향집 앞 시내버스 정류장에서 도장 파고 버스표 팔아 홀어머니 모시고 사는 다리가 불편한 정종복 씨는 최근 할부도 끝나지 않은 네 발 오토바이를 아파트 주차장에서 잃어버렸다. 그를 잘 모르지만 이 얘기를 듣고는 무척 화가 났다. '나 원- 참-' 가지고 갈 게 따로 있지 남의 발을 잘라 가버려.

　인사성 밝고 늘 명랑한 종복 씨가 요 며칠 사이 목소리에 힘도 없고 어깨가 축 처진 게 이상해서 아버지가 물어보니 타지에 볼일이 있어 이삼 일 집을 비웠더니 네 발 오토바이가 감쪽같이 사라져버렸단다. 아침저녁으로 불편한 것은 말할 것도 없겠고 할부금 낼 때마다 얼마나 마음이 쓰릴까. 판도라 상자에는 여전히 희망이란 놈이 갇혀 있을까, 이제는 석방해도 될 것 같은데.

장비 병病

작은 체구의 친구는
언제나 큰 생각을 하고 있다.

무슨 일이든 장비부터 먼저 구입한다. 민물낚시 도구도
그렇고 낚시용 고무보트도 그렇고 낚시용 차도 그렇고 또
여러 대의 전자 기타도 그렇고 전자 드럼도 그렇고 언제나
완비된 무엇을 갖추려 한다. 언젠가 고향으로 내려가서 산
도 개간하고 정비하려고 굴착기 하나를 사고 싶다고 했다.
기가 찰 노릇, 필요하면 잠깐 빌리면 되지 굳이 소유할 거
까지야 하고 말리면 그래도 하면서 생각을 꺾지 않는다.

결국, 굴착기는 못 샀다.
몇 해 전 섬진강에서
낚시하다가
물속으로 들어가버렸다.

아보카도

별일 아닌데
어깨가 으쓱할 때가 있다.
신선하고 몸에도 좋다는
열대과일을 잔뜩 찌푸린
서울 하늘 아래 얻어먹는다.
멕시코에서 태평양 건너왔다는데
다 발달한 물류 덕이라니
씹지 않아도
살살 녹아드는 아보카도 한 조각.

그 꽃
한번도 본 적은 없지만
우둘투둘 열매 생김새를 볼 때
별로 예쁘지도 않고
향기도 밋밋할 것 같아
검색해보고 실망하느니
내 맘대로 '꽃말'을 짓는다.

없는 사람 먹고살고植者之錢,
먹는 사람 건강백세食者之福.

자본론
— 워클리와 엘리스

   지칠 대로 지친 스무 살, 워클리는 포도주, 커피, 세리주의 힘에 기대서 휴식 없이 26시간 반 동안 꼬박 일했고, 개미집에서 칼잠을 잤고

   금요일에 병이 나서
   일요일에 죽었다.

   얌전한 이름을 가진 봉제공장 여주인 귀부인 엘리스가 소스라치게 놀란 것은 이 소녀가 자기 일을 미완으로 남긴 채 죽었다는 것이었다.

필오션라인

바다를 사랑하는 사람들이
모여 사는 집이랍니다.

많이 부족하지만 온전함을 추구하고 서로를 채워가면서
더 부족하고 더 없는 사람들을 생각하고 함께하려는 따뜻
하고 의젓한 마음을 가진 사람들이 모여 있는 곳이랍니다.
세상에 때 묻지 않고 순수함을 지키려다보니 때로는 바보
라는 소리도 듣기도 하지만 그래도 '필오션' 사람들은 바보
가 많은 세상, 사람 냄새나는 세상을 만들어가고 있습니다.
원래 의사는 최악을 얘기하고 사업가는 최선을 얘기하지만
우리는 최악을 대비해 최선의 노력을 다하려 합니다.

나무에게

연분홍 작은 잎들로 실바람에 살랑거리는
화살나무

서울 한가운데 허락 없이 태백의 눈밭을 옮겨온
이팝나무

원구단 시민광장 붉은 추억으로 지키고 선
배롱나무

새빨간 열매 달아도 까치밥조차 되지 못하는
산사나무

가을 하루, 서소문 길에서 죽음보다 강한 사랑,
피 토하는 가막살나무

바람을 업고 살아가도 끝내 가오리연처럼 바람과
맞서지 않는 미루나무

아득했던 너의 시작을 잊지 마라.

4부

첫물

아침 출근과 동시에
찻물을 내린다.
요즘 말로 건강한 루틴,
언제나 첫물은
식기 전에 버려야 한다.
두 번째 물을 내려 마시다가
문득 궁금하다.
일등만 기억하는 세상,
맨 앞자리를 좇는 사람들
뜨거운 채 버려지는
첫물의 역할
어떻게 생각할까.

저절로 오는 것도, 그냥
버려지는 것도 없는 세상.

리더의 조건
— 에이브러햄 링컨

위대함은

선함이라는

커다란 나무에서

백 년에

한번 핀다는

찬란한 꽃.

코로나의 봄

호기심 많은 몇이
실수로 피운 모닥불인 줄 알았는데
온 세상 태울 들불이었네.
한겨울 지나 봄인데
코로나 제가 봄맞이 기지개를 켜네.
도리 없네,

옛 말 그대로
'춘래불사춘春來不似春'
진해, 하동, 장흥, 완도 할 것 없이
남도의 봄꽃 소식 줄줄이
봄비도 봄바람도 다 조연이 되고 말았네.

망할 놈의 코로나19, 도리 없네.
좋은 봄날 억울하게 돌아가신 분들 명복을 비네.
목련은 목련대로 개나리는 개나리대로 벚꽃은 벚꽃대로
그분들의 영정에 꽃비를 흩뿌리네.
안녕히 가시라고
이젠 봄이라는 봄은 없을 거라고……
도리 없네, 도리 없어.

터미널

고향은 반도 끝자락
삼천포항.
삼천포터미널 앞
고향집에서
서울고속버스터미널
건너편에 있는
서울집까지
내비로 344㎞.

끝에서 끝으로
터미널에서 터미널로

나는 끝이 보이면
시작이 보인다
언제나 그래 왔다.

사회적 거리

지구와 태양의 거리
대략 1억5천만㎞
지구와 달의 거리는
대략 38만㎞

지금
그대와 나 사이 거리
얼마쯤이어야 하나
더 멀어지지도 않고
바싹 붙어 위험하지 않은 거리

누가 재라는 것도 아닌데
사회적 거리두기,
자꾸 마음속 줄자를 꺼낸다.
코로나19가 벌려놓은 거
언제쯤 좁혀지려는가.

한 내[川]

타향 서향집에서
사계절 내내
울음이 타는 강* 바라보는 건
일찍이 동향 박재삼의 시
무작정 좋아한 숙명이겠지만
여기서도 한 세월
노을 따라 가라앉은
숱한 울음,
수정水晶인 듯 빛나고
무시로 그 창가에 서서 본다.
긴 울음 시작되기 전 옹알이 같은
강 향한 산골 물과 시냇물의 흐름
작은 물길 하나 빠짐없이
끝내 강으로 바다로 여울지는
시인의 감성, 세상 가장
소박한 존재가 펼치는
하나 됨의 마술.

*박재삼의 「울음이 타는 가을 강」에서 빌려옴.

용문사

친구가 시간 날 때마다 찾아가는 곳이라
대체 뭐가 있나 싶어
서울 올라가는 길 약간 틀어 돌아간다.

교회로 가는 길보다는
절로 가는 길이
훨씬 더 멀고 험하다.

초입의 맛집들 지나쳤는지 모르지만 새소리 물소리 이따
금 사람들의 잔잔한 목소리, 지루한 코로나19로부터 오염
되지 않은 거 같은 신선한 공기가 모든 것을 평정한다. 늦
가을 용문사 은행나무 이미 한 푼 남김없이 다 털렸는데 욕
심 많은 난 두고 갈 게 없어, 108배 절 값 대신 최신식 해우
소에 근심만 살짝 내려놓고 길 재촉한다.

삼천포 외전外傳

— 삼치이
고향 친구들은 삼천포를 '삼치이'라 한다.
나는 왠지 촌스럽고, 없어보여 싫다.

사천 속으로 숨어버린
삼치 아닌 삼천포가 늘 그립다.

— 와룡산
울지 마라 그믐밤 품은 용 깨는 날
이름 또한 바뀔 터이니

판결도 신고도 없이 기룡, 비룡
저절로 이름 바뀔 터이니

— 신수도
하늘에서 내려다보니
거대한 독수리가 보인다

신수도에서 나고 자란
독수리가 얼마나 많았을까.

— 이태연
타고난 것이라고는 어머니가 주신
당뇨와 착하고 여린 마음뿐
고향의 찝찌름한 갯내음과 사투리

알파의 삼양라면

한겨울, 연천 산골
나름 별천지 155밀리 알파포대
갓 스무 살 내가 새내기 고구마장수처럼
방한모 눌러쓰고 고참 잔소리 따라
눈 위 발자국 그대로 밟으며
화목火木하러 간다.

방화수통에 물 대신 하얀 눈 퍼담아
눈치껏 끓여먹던 주황색 삼양라면
소처럼 주인 시키는 일만 하는 처지에
더 먹으라고 권하는 말년 고참의 한마디,
얼마나 감사하고 은혜롭던지
그 큰 화목 두 개씩 어깨에 메도
미끄러지는지도 몰랐다.

늘 주위에 자욱한 포탄 연기, 담배 연기
이제 추억에서나 어른대는데
왠지 모를 부듯함과 희망으로 내려오던
그 흙길들, 아직 그대로 있을까 몰라.

안면인식 열화상카메라 발열체크기

아침 운동하는 실내 운동장
새내기 하나 들어왔는데
대단한 실력잔가보다.
입장하는 사람 모두
군말 없이
그 앞으로 가서 인사한다.

회장님은 몰라도
부회장님도
은행장님도
도지사님도
의사 선생님도
사장님들도, 나도

코로나19, 등에 업은 권력
언제까지 갈지
몰라도
지금 대세 중 대세는 확실하다.

37.5°C

사랑을 하면
체온이 1도 올라간다.

코로나19시대
열렬히 사랑하다가는 어디서나
문전박대

쌍심지 켠 눈은 없어도
보는 듯 안 보는 듯
몸속 혈관까지 검사하는
열화상 카메라가 즐비하다.

사랑도 적당히 하라고
0.5도까지만 올리는 거라고
체온은 항상
37도 미만으로 맞추는 거라고

친절한 '안전안내문자' 불난다.

부활

영국 런던에 살던 금슬 좋은 부부가 예루살렘으로 성지 순례 갔다. 첫날 부인이 교통사고로 죽었다. 장례업체에서 두 가지 상품을 권했다.

예루살렘
매장 시 USD 150

런던
매장 시 USD 5,000

남편은 후자를 택했다. 장례업자가 사심 없이 다시 상품 설명했다. USD 4,850의 차이를, 그러나 남편은 극구 런던으로 죽은 아내를 데려갔다.

— 오래 전에 어떤 남자가 죽었는데 사흘 만에 되살아났던 곳이 바로 여기 예루살렘이라지요. 나는 절대 그런 행운을 원치 않아요.

칼국수와 손수제비

국수에
칼이 들어 있고

수제비에
손이 들었다 하니

내가 참 비장해진다.

지금까지 먹은 국수를 한 가닥으로 길게 늘이면 거짓말
조금 보태서 백두에서 한라까지 되지 않을까 싶은데 천만
다행. 그 긴 길이와 세월을 아무 생각 없이 먹고서도 국수
에서 칼 씹은 적 없고, 손들어간 수제비 만난 적 없었으니.

그림자의 부탁

피곤하지 않아도 발걸음 끌리는
늦은 귀갓길
차 없이 걷는 짧은 거리마저
자꾸 적색 신호에 막힐 때,

그대가 어머니로부터 분리되었던
그 순간부터 지금까지
줄곧 그대 곁을 맴돌고 있는
나는 그대만의 그림자라오

그대가 어둠 속으로 숨어버리면
나는 언제나 서러움 가득하리니
마지막 순간까지
부디 빛으로만 살아가라오

소리 없는 음성을 듣는다.
휩싸는 어둠마저 더는 절망이 아니다.

삼천포 愛 빠지다

인생은 마라톤,
오래 뛰어야 하고
일상은 이리 뛰고
또 바로 저리 뛰는
순발력 시험 같다지만

고민에 빠지고
수렁에 빠지고
물에 빠지고
진흙탕에 빠지는 길
인생은 뛸 때보다 빠질 때가 많다.

아무리 새벽 기도하고
108배 절하고,
산신령 찾아 영험 바라도

사랑에 빠지고
그리움에 빠지고
잘 나가다가 그렇게
삼천포 愛 빠지는 것은

인생은
과정이 즐거움이기 때문이다.

떠나는 연습

장롱 위 잘 놓아둔 여행가방이
이제 낡은 탓도 있지만
백화점이나 마트에 가면
항상 가방매장을 서성인다.

나를 수식하는 몇 가지 강박,
나무 끔찍이 좋아하고,
마시지 못하는 술을 사 모으고,
자투리 공간도 그냥 보아 넘기지 못해
무언가를 잔뜩 쌓아두는

그 중 하나
가방에 대한 집착도 있다.
작고 아기자기한 맛이 나는 가방을
오래 전부터 갖고 싶었지만
지금껏 마음 설레고 뜨거워지는
가방 하나를 만나지 못했다.

훗날 꿈꾸던 멋진 여행가방을
만나면 무얼 넣고 떠날까.

간단한 세면도구, 속옷, 양말, 시집 한두 권
그리고 내 추억을 담은 CD 한 장

떠난다는 것은
의미 없음에서 또 다른 의미를
끊임없이 찾아간다는 것이다.

아무튼, 목욕탕
— 목욕탕에서 살아나기

눈물나는 날에는
차로 10분 거리
삼영사우나로 가시라.
흐르는 땀과 더불어
눈물도 맘껏 배출하시라.

몸과 마음, 묵은 때는
동네 마트 행사 때처럼
원 플러스 원으로
순식간에 동이 나버릴 테니,
원 없이 울 수 있을 테니까.

시마詩魔와 유마維摩 ; '차이'를 만드는 힘
— 이태연의 시 세계

백인덕(시인)

1.

시 쓰기를 흔히 '물 마시기'에 비유하곤 한다. 이 비유는 두 단계를 거쳐 형성되는데, 하나는 원칙적인 측면이고 다른 하나는 실천적인 측면이다. 원칙적 측면은 지구는 물이 풍부한 행성이라는 것, 물은 생명 활동에 필수적인 요소라는 것 등의 이해를 통해 뒷받침된다. 마찬가지로 실천적 측면은 솟구치는 자연 상태의 샘물이 아니라 그릇에 담겨 쟁반 위에 올려진 물이 필요하고 나아가 강렬한 갈증이나 물마시기의 어떤 이유가 있어야 함을 지시한다. 이 비유는 시쓰기의 원천인 '영감inspiration'과 그 실천 양상인 '언어image'의 가치와 필요성을 쉽게 풀어내려는 시도라 할 수 있다.

이태연 시인은 2004년 시집『아름다운 여행』을 발표하며 본격적인 작품 활동을 시작했고, 이후『그리움』,『살아온 것처럼 그렇게』등의 시집을 연이어 출간한 바 있다. 이번 시집『메마른 꿈에 더는 뜨지 않는 별』은 시인의 네 번째 시집

101

이면서 십여 년의 '자기 성찰과 수양'을 마치고 선보이는 쇄
신된 첫 번째 시적 면모이기도 하다.

눈보다
일찍 왔다지만
서리는
홀로 꽃이 될 수 없다.
칼바람, 나무, 풀처럼
배경이 필요하다.
눈 덮여 지워지기 전
거친 황량함 속
마지막 반짝임,
앉은 자리마다
서리는
더불어 꽃이 된다.

― 「상고대」전문

상강霜降을 막 지난 시기적 요인 때문인지 이 작품이 가
장 크게 눈에 띄었다. 사실 이 작품은 '나무서리'라는 대상
을 순간적으로 포획한 비교적 소품에 속하지만, 이번 시집
전반에 걸쳐 확인할 수 있는 시인의 시적 특질이 오롯하게
집약된 작품이라 할 수 있다. 간단히 해석해보면 작품의 근
간은 '눈'과 '서리', 겨울을 대표하는 두 자연 현상을 비교하
는 데 있다. 시기적으로 '서리'는 '눈'보다 빠르다는 이점이

있지만, 혼자서는 형체가 드러날 수 없다는 한계가 있다. 이는 지상에 내려서기만 하면 존재를 과시할 수 있는 '눈'에 비해 엄청나게 불리한 점이다. 하지만 이 불리함은 "칼바람, 나무, 풀"처럼 '눈'에게 단지 배경에 지나지 않는 것들과 '더불어 꽃'이 될 수 있는 최적의 조건이기도 하다.

시인은 다른 작품, 「붉다」에서 '중국 신장'의 한 마을을 소개한다. "티즈노트/ 마을 여자들은/ 태어나서 죽을 때까지/ 붉은 옷만 입는다는데// 추운 겨울/ 양지녘 쪼르르 모여 앉은/ 여자아이들/ 볼도 온통 빨강"다 라는 것이다. 이 작품도 표면만 보면 간결하고 소박해 보이지만, 인위적 요소인 관습(붉은 옷)과 자연적 요소인 몸(빨간 볼)을 대비하면서 동시에 '더불어'로 만드는 솜씨는 꽤 길었던 시인의 성찰과 수양의 기간이 어떠했는지를 여실히 보여준다.

이처럼 이태연 시인의 작품들은 하나같이 간결하고 군더더기 없는 묘사와 섬세하게 직조되고 배치된 어휘를 통해 독자의 거부감이나 저항을 최소화하는 방향으로 흘러간다. 이것은 시인의 시론이라 할 수 있는 「시는」에서 "시는/ 머리로 쓰는 게 아니라/ 몸으로/ 몸으로 쓰는 거"라는 외침의 구체적 현상이라 할 것이다. 물론 이 부분에서 눈 밝은 독자들이 네루다나 김수영의 시론을 읽어낸다 해도 크게 문제가 될 것은 없다. 시작詩作은 원래 영향 관계가 복잡, 심원한 것이고 이런 현상은 시인이 제 눈앞의 일상사에만 함몰하지 않았다는 반증이 된다.

2.

이태연 시인은 '시인의 말'을 대신한 「서시序詩」에 "내/ 몸에서/ 시 한 편 뽑아내고 나면/ 몇 날 며칠 동안/ 몸살 앓는다.// 그리고는/ 아무렇지도 않은 듯/ 한 편의 시가 완성되어 있다"라고 담담하게 시작詩作의 고통을 술회한다. 이 시에 십분 동의하면서 또 그 내용을 음미하면서 동양, 특히 '한시 미학'을 대중적으로 정리 소개한 책의 어떤 부분이 강렬하게 연상되었다.

100일 동안
행복할 수 있다면
일 년 내내 행복한 거다.

부는 바람이 늘 황사일 수 없고
간혹 흙비가 온종일 내려도
빛깔 붉음이 지워지지 않을 테니까.
느린 안개처럼 사람 밀려들거나
주인 잃은 개 꼬리 흔들지 않아도
제 마음 한 조각, 여전히 타오를 테니까.

우린 얼마나 행복해야 하나.

이 답답한 마스크 벗든 못 벗든
최신형 미사일이 동해 허공을 가르든

소공동 사거리 적색 신호, 기도한다.

백일홍 피어 있는 동안만이라도
우리 사는 세상 아무 일 없기를.

—「백일홍」 전문

시인은(이태연 시인 본인이 그렇고, 어쩌면 모든 시인이 그래야 한다는 의미에서) "100일 동안/ 행복할 수 있다면/ 일 년 내내 행복한 거"라는 셈법을 가져야 한다. 행복을 확률, 통계의 차원으로 내려놓아서는 안 된다. 일 년에 백일이면 삼 분의 일에 조금 못미친다거나 오늘은 어제 죽은 이가 그토록 간절히 바랐던 시간이니 무조건 행복해야 한다는 것 등은 전혀 차원이 다른 별개의 셈법이다.

이 작품에서 시인이 던지는 질문은 "우린 얼마나 행복해야 하나"라는 가장 기본적인 질문이지만, 전염병과 외부 군사 위협과 경제 상황 등을 외면하고 마치 진공 상태에 처한 것처럼 가장하거나 초월이나 해탈의 각종 자세를 전시하지 않는다. 시인의 '기도'는 "백일홍 피어 있는 동안만이라도/ 우리 사는 세상 아무 일 없기를" 바라는 것뿐이다. 백일홍의 붉음과 아름다움을 통해 우리가 뜨겁게 서로를 생각할 수 있기를 기대할 뿐이다.

앞에 살펴본 작품이야말로 '시마詩魔'를 이해하는 데 중요한 길잡이가 된다. 학문적 탐구를 목적으로 하는 글이 아니기에 중국 역사상 위대한 시인들을 일컫는 별호別號를 소개

하고 이 글에서 겨냥하는 '시마'의 의미를 생각해보기로 한다. 중국 인터넷에서 떠도는 별호를 정리하면, "시신詩神, 시성詩聖, 시선詩仙, 시마詩魔, 시광詩狂, 시불詩佛, 시귀詩鬼, 시골詩骨, 시걸詩杰, 시수詩囚, 시노詩奴, 시호詩豪, 시혼詩魂, 능운시재凌云詩材, 시가천자詩家天子, 사중지룡詞中之龍, 오언장성五言長城, 은일시인지종隱逸詩人之宗" 등이 보인다. 대체로 앞에서부터 정설이라 볼 수 있고 뒤로 갈수록 인터넷 시대에 맞춰 새롭게 작성된 것이라 짐작할 수 있다.

몇 가지만 소개한다. 시신詩神은 소식苏轼(1037~1101년)이며 호는 동파거사東坡居士로 이전까지와는 전혀 다른 시관詩觀을 펼쳤다. 시선詩仙은 이백李白(701~762년)이다. 호는 청련거사青蓮居士, 혹은 적선인謫仙人(귀양 온 신선)이며, 당나라 시대의 위대한 낭만주의 시인, 시성詩聖은 두보杜甫(712~770년)인데 호는 소릉야노少陵野老, 당대唐代의 위대한 현실주의 시인으로서 평생 3천 수의 시를 남겼다. 시마詩魔는 백거이白居易(772~846년)며 자는 낙천樂天, 호는 향산거사香山居士로 당대의 위대한 현실주의 시인으로서 대중이 가장 쉽게 이해할 수 있는 시를 쓴 민중시인이다. 끝으로 시귀詩鬼는 이하李賀(791년~817년)인데 자는 장길長吉이며, 그의 시 대부분은 생전에 맛보지 못한 비탄과 내적인 고민을 토로한 시가 많았으며, 이상과 포부에 대한 추구시가 많았는데 이는 당시의 환관과 권신들의 횡포에 핍박받는 민중의 고통을 주제로 삼았기 때문이다.

사족이 길었지만 조금만 살펴보면 신이나 신선, 성인과

부처 등 초월적 존재들과 마귀와 귀신, 광인 등 하계의 존재로 대비되고 있음을 알 수 있다. 물론 사상의 지향, 시적 경향, 생의 애환 등을 종합적으로 판단한 것이다. 사실 현대는 '시인詩人'만이 존재한다. 문제는 그 인간이 단순한 자연 결과물 이상을 의미한다는 데 있다.

그 중 하나
가방에 대한 집착도 있다.
작고 아기자기한 맛이 나는 가방을
오래 전부터 갖고 싶었지만
지금껏 마음 설레고 뜨거워지는
가방 하나를 만나지 못했다.

훗날 꿈꾸던 멋진 여행가방을
만나면 무얼 넣고 떠날까.
간단한 세면도구, 속옷, 양말, 시집 한두 권
그리고 내 추억을 담은 CD 한 장

떠난다는 것은
의미 없음에서 또 다른 의미를
끊임없이 찾아간다는 것이다.

―「떠나는 연습」부분

이태연 시인은 늘 '떠나는 연습'을 하면서 잘 머문다, 일상을 잘 경영한다. 시인은 약력에서도 성장기에 떠돈 여러 지명을 명기하고, 자신의 성과임이 분명한 사업마저도 '떠돎(오고 감)'이라는 의미로 축소한다. 늘 '작고 아기자기한 맛'의 작은 여행 가방은 "의미 없음에서 또 다른 의미를/ 끊임없이 찾아간다"라는 사실을 환기하는 시인의 강박, 혹은 수집품의 목록 상단에 그렇게 남아 있다.

어떤 의미로든 시인 자신의 떠남이 아니라 운명으로 마주할 수밖에 없는 사건들이 시인의 떠남에 대한 깊은 사유를 형성한다. 그것은 이번 시집의 밑그림이자 거대한 지주支柱로 간결하거나 낮고 부드러운 표면과는 달리 깊은 울림을 내장한 어휘들로 잘 구조화되었다.

> 너희 삼형제 의좋게 잘 살아라
> 육신은 화장해서 삼천포 앞바다에 뿌려라
> 나 죽어 삼 년 지나면 아버지 재혼시켜 드려라
> 큰아들네와 한 달 정도는 같이 살고 싶었는데
> ─「어머니 7」부분

영원히 떠나기에 앞서 세운 '어머니'의 계획은 떠나는 이가 아니라 남은 자들의 몫이기에 그것은 수행되든 되지 않든 뼈저린 상실의 무게를 더해줄 뿐이다. 시인은 결국 어머니의 마지막 몇 개의 계획을 미완으로 남긴다. 그 사이 또다른 '떠남과 헤어짐'이 덮쳐오는 것은 인생의 숙명이고 어쩌면 인간의 진정한 조건이다.

그가 119 구급차 타고

병원으로 가던 날

그녀는 파마를 한다.

그를 처음 받아들이던

그날처럼

마음준비 단단히 한다.

　　　　　　　　　　　　　　—「만남과 이별」 전문

　더 말해 무엇하랴, '치매'는 인간, 특히 현대인의 가장 의지가 되는 관계를 안에서부터 허무는 고질적이면서 중대한 질병이다. 그러나 작품의 '그녀'는 어떤 원망이나 회한보다 "그를 처음 받아들이던/ 그날"의 마음가짐으로 되돌아가고자 한다. 이게 신생新生의 의지지 달리 무엇이 있을까. 이태연 시인은 어머니와 장인어른이라는 근친의 사태를 주체적으로 목도目睹하고 동시에 사건으로 수습하면서 '떠나는 연습'에 대한, 나아가 '시마'가 자신을 불쑥불쑥 치고 들어오는 것에 대한 성찰과 수양을 거듭했을 것이다.

　3.

　이태연 시인의 간결하게 압축된 시형과 설익은 관념이나 경향의 노출을 극도로 자제하는 듯한 시적 의미 형성은 이번 시집에서도 큰 장점이자 특색과 가치의 요인으로 작용한다. 이태연은 시선과 시성의 사이에서, 시마와 시귀 사이

에 걸려, 또는 가로지르며 위태롭지만 아름다운 보행술步行
術을 시험하고 있다.

사무실 빌딩 지하 2층
주차장과 붙은 쓰레기 분리수거장
근처에서 뵐 때마다 자동으로 고개 숙여
인사드리는 청소 아주머니 계시다.

입시 한파 몰아친 영하의 아침,
유난히 분주해 보이는데
그래도 인사하려 한참
눈맞춤 실랑이 끝에
뭘 손에 들고
바삐 내게로 온다.

1차로 검은 비닐봉지에 꽁꽁, 2차로 쇼핑백에 담은
제주산 귤 잔뜩 안기고 도망치듯 가시네.
엄중한 코로나 사회적 거리두기 2단계 첫날에도
또 나는 살아갈 이유를 만난다.

테스 형!
세상이 와 이리 따시노.

—「귤 한 봉지」전문

한 편의 완벽한 이야기가 들어 있음에도 시는 간결하게 압축되어 있다. 이런 형식적 요소보다 읽는 이의 가슴을 더 뜨겁게 하는 것은 시 속의 행위자나 화자가 보여주는 순수한 신뢰와 긍정의 관계성에 있다. 흔히 '인사치레' 같은 억지가 전혀 느껴지지 않는다. 시인은 '입시한파'와 '엄중한 코로나'라는 상황을 충분히 인식하고 있기에 작은 인사에서 "나는 살아갈 이유를 만난다"라고 선언할 수 있다.

군이 유명 시인의 입을 빌리지 않더라도 이 땅의 시인들에게는 어느 정도 '유마주의維摩主義'가 나타난다. 주지의 사실이지만 '유마거사'는 부처님 당대의 속가 제자로 자신의 몸과 혼까지 보시하는 표상으로 자리매김 되어 있다. 한마디로 "세상이 병들었는데 어떻게 내가 안 아플 수 있는가"가 내가 이해하는 유마주의의 핵심 테제다.

　　아주 오래 전
　　부산 택시에서
　　끊임없이 흘렀던 등려군 노래
　　초로의 기사는 꼭 시간을 내
　　등려군 묘지에 가서
　　헌화하고 싶다고 했다.
　　홍콩인지, 대만인지 묻지 않았다.

　　오늘 새벽 강북으로
　　이동하는 택시 안
　　이선희 노래가 계속 이어졌다.

기사가 젊어 보여 내리기 전
'이선희 세대신가요'
오십 좀 넘었다고 옅은 미소에
젊게 봐줘 고맙다, 인사를 얹는다.

즐거운 하루의 예감,
애쓰지 않아도 알아챌 수 있는
누군가 누구를 좋아한다는 것.

―「누구를 좋아한다는 것」 전문

　이태연의 '유마주의'는 밝고 건강하다. 누군가는 '상하고 병든 것'에 집착하면서 더 낮게 현실로 혹은 절망과 비탄으로라는 구호를 외치며 정치적 자기 이상을 위한 수단으로 유마적 태도를 과시하기도 한다. 그러나 이태연 시인은 앞 작품에서 드러나듯, 자기 일상의 경험에 어떤 거대한 서사를 끌어다 붙이지 않는다. '부산 택시'나 한강을 가로지르는 '택시'에서의 경험, 둘 다 대중가요를 통해 형성된 이 경험은 일상인 대부분이 겪을 수 있는 어쩌면 특별할 수 없는 경험이라는 점에서 더 빛을 발한다.

　시인은 "누군가 누구를 좋아한다는 것"이 이 세상을 밝게 만들 수 있는 최소한의 조건이라는 것을 잘 알고 있기에 또 그들의 긍정의 기운이 우리 모두에게 퍼져나가길 기원하는 자세를 가졌기에 "즐거운 하루의 예감"을 흔쾌히 받을 수 있었다.

이번 시집, 『메마른 꿈에 더는 뜨지 않는 별』은 표제 시의 계열이나 여러 '헤어짐'의 서사들로 미루어볼 때 쉽지 않은 상황에서 마음을 다잡기 위한 큰 용기의 결과일지도 모른다는 생각이 든다. 또한, 시인에게는 그가 구사하는 언어만큼 성장 배경과 거주지로써 '고향 인식'이 중요한데 이번 시집에서 군데군데 이에 대한 갈망이 엿보이지만 이에 대해서는 뒤따르는 시집과 애정 깊은 해설자의 글을 기대하기로 한다.

현대시세계 시인선 **135**

메마른 꿈에 더는 뜨지 않는 별

지은이_ 이태연
펴낸이_ 조현석
기　획_ 고영, 박후기
펴낸곳_ 북인
디자인_ 푸른영토

1판 1쇄_ 2021년 11월 11일
출판등록번호_ 313 - 2004 - 000111
주소_ 121 - 842 서울 마포구 서교동 467 - 4, 301호
전화_ 02 - 323 - 7767
팩스_ 02 - 323 - 7845

ISBN 979-11-6512-135-8　03810
ⓒ 이태연, 2021